이향영 시집

암이 준 하늘축복

문학과의식

의
식

시선집
152

이향영 시집

암이 준 하늘축복

마르첼리노 동생이 누나인 저를 태워서
하동 벧엘수양원에 내려놓고
돌아서 가는 차를 멍하니 바라보았습니다

얼마나 슬프고 눈물이 나던지
'사랑하는 가족들 다시 만날 수 있을까?'
저는 예전 고려장 시대가 생각났고
죽기 위해 산속에 버려진 목숨 같았지요

하지만 암은 제게 하늘이 준 선물이었죠
산속에서 만난 동병상련同病相憐의 친구들
얼마나 정답고 귀한 인연인지
그곳에서 값진 삶이 시작되었죠

'자연과 멀어지면 질병이 찾아오고
자연과 가까워지면 병이 달아난다.' 하듯이
저는 해운대 모래와 접지하고 파도와 놀고
산속의 숲을 매일 걸었더니 NK세포가 강화되고
산은 죽을 사람도 살리는 병원같습니다

자연은 시시때때로 생동하는 작품으로
시와 노래와 그림으로
제 몸과 마음을 황홀하게도 하고
그리운 사람을 기다릴 때처럼
벅차오르는 설레임으로 축복해 주기도 하죠

암 덕분에 산속 생활을 시작하게 되었고
암 덕분에 진실한 친구를 만나게 되었고
암 덕분에 환우들을 위한 글도 쓰게 되었고
암 덕분에 천연 치유로 건강과 행복을 찾게 되고
지금은 바다와 산속의 삶을 사랑하게 되었답니다

2022년 해운대에서
저자 이향영 *Lisa Lee*

| 차례 |

3부 다니엘 빌리지에서

4부 칠보산 솔나무 숲에서

일러두기

1. 책에 쓰인 영문의 한글 표기는 외래어표기법에 따랐으며 일부는 저자의 의도를 반영해 예외로 두었다.

2. 쉼표와 마침표, 말 줄임표, 느낌표 등의 문장부호는 저자의 의도를 반영, 최대한 저자의 원문을 그대로 살려 표기했다.

1부

벧엘동산에서

벧엘수양원 공기

벧엘의 공기는 달다
솔 나무와 편백이 공해를 세탁해
맑고 향기로운 생명의 공기로
치료와 치유를 일으킨다

호흡하는 생명들이
가슴마다 거듭나는 양식이 되어
기도꽃 완쾌의 꽃으로 피어난다

벧엘수양원의 선교사님들
한 분 한 분이 가르치는
하나님의 귀한 말씀은
벧엘의 공기보다 더 달달하다

하동의 보금자리
벧엘의 동산에 황금빛이
그분의 축복을 싣고
힐링의 공기로 스며든다

사랑꽃 봉우리마다
기도꽃 피어나는

아름다운 꽃자리
은총의 꽃동산 벧엘동산

벧엘의 말씀과 정성이 달다
벧엘의 공기와 사랑이 달다

벧엘수양원의 물

물아 고마워~
물아 사랑해~

마실 때 생명인 물에게
감사를 사랑으로 속삭인다
사랑물은 감사이다
감사하는 마음은 사랑이다

선교사님들의
지극정성과 사랑처럼
감사의 맛이 다르다
달달 한 꿀물 맛이다

물아 내안에 골고루 스미어
모세혈관 끝에도 붉은 꽃으로

성령의 꽃이 되어
기도로 피어다오
치유로 피어다오

물아 사랑해
물아 감사해

초록비

하동에 비가 온다
4월의 초록비
만물의 생명을 키우고
지구의 생명을 키우는 사랑
사랑, 사랑의 약수다

우산 바치고 걸으니
새소리 개울물 소리
어우러져
음악과 노래가 되고

논바닥 고인 물에
수직으로 내리는 비
죽으며 노란 꽃으로
새 생명이 되어
빙그레 미소로 피어난다

죽어 사랑으로
다시 살아나신 그분
부활절 아침에
성령의 단비 되어

모든 생명의 충전이 되어
다시 오신 구원의 주님

초록비는
사랑으로 생명을 살리는
그분이 오시는 은총

성령의 큰 잔치~
부활의 새 계절~

모두를 다시 살리는 초록비

– 부활절 아침에 –

작은 풀꽃

하늘의 색깔이
땅에 내려와
제비꽃이 되었네

깔딱이 오솔길 양옆으로
보라색 별들이 내려와
꽃물결 되어
걷고 있는 우리보고
미소로 행복을 나눠주네

나도 열매 없는
무성한 무화과나무에서
그분 사랑으로 채워져
다른 이들을 기쁘게 할 수 있는
작은 풀꽃이 되고 싶네

미소가 선물이 되는 작은 풀꽃
나는 작은 풀꽃이 되었네
내 입술에서 미소 꽃이 피어나네

들꽃

고전리에 친구들이 생겼다
양지꽃 자운영 꽃다지 스마트렌즈
시골길 논두렁에서 손짓해 댄다

작으나 고운 색깔로 피어난
귀여운 친구들에게
이쁘다 곱다 깜찍하다 귀엽다
칭찬을 아끼지 않았다

칭찬에 반한 들꽃은
미소 가득 물고
온몸 흔들며
신나는 춤을 선물한다

어찌 즐겁지 않으리
미풍도 좋다고
기쁘게 찬양할 줄을
난 몰랐네 찐 몰랐네

내 몸이 찬미가가 되었다
내 영혼도 즐거워 춤을 춘다

고사리 가족

하동읍성 가는 오솔길 옆
고사리 가족이 있었습니다

엄마고사리
아빠고사리
언니고사리
동생고사리
아가고사리

단란한 가족
한곳에 모여
오순도순 고개 숙여
기도하는 모습 참으로
다정해 보였습니다

외로움은 사치라고
누가 말했나요?

저는 하늘로 연락해서 왜
내 가족은 모두 멀리 보내고
저만 이 땅에 두었냐고요

그분께 항의 했습니다

하늘 음성이 소리 내어
나직이 들렸습니다

'나만 바라보아라'
'나만 바라보아라'

저도 고사리 가족처럼
이 땅에도 가족이 필요해요

'네가 만나는 사람이 너의 가족이다'
또다시 들려오는 그분의 메시지

참소망

물질의 존재
식물과 동물의 존재
사람의 존재로
채워진 이 땅

끝이 준비되어 있어도
물러나기 싫은 이곳
떠나야 하기에 아쉬운 집착

헛된 물거품 잡고 사는 것보다
마음 한번 바꾸면
4차원에 세워질 내 영혼의 집

나의 참 소망은
그분이 입히신 빛

빛으로 존재하는
4차원 세계를 상상하니
자꾸만 가고 또 가고 싶다
나의 참 소망이 있는 곳으로

내가 영원히 살 곳은 4차원이다
소망이 있는 삶은 기쁨이 희망이다
사명이 있는 삶은 희망이 기쁨이다

평화와 전쟁

마음 고랑에
말씀 씨앗 뿌리고 또 뿌린다
때마다 질투의 뮤즈가 무시로
스며들어 쪼아 먹었다

나날이 반복되는
긍정이와 부정이의 갈등
다툼이와 안락이의 갈등
4차원과 1차원을
벼락처럼 질주해 댄다

아, 얼마나 다행인가
그때마다 처방전으로 주신
선교사님들의 사랑이 담긴
맛있는 음식과 말씀과 기도가
새 생명과 새 기쁨이 되어주니

오늘도 나는 생각 전쟁에서
승리를 했네
평화가 마음 밭에
영광의 깃발을 펄럭이네

번뇌의 생각 끝에서
부정이를 이기고 긍정이는
자유를 누리고 춤을 춘다
평화의 깃발은 내가 세운다

복덩이 Cell

병든 자식 생겨 앞이 노랬다
하늘 원망하던 마음은
통곡의 벽이 되었다

돌연변이 덕분에
벧엘수양원에서 만난
그분 품, 따스하고 포근해서
울음이 웃음꽃 되었네

병든 자식 아니면
만날 수 없었던
귀하고 존귀하신 분
그분 주신 자식들

열두 자식 중 가장
아끼고픈 복덩이 세포
내 사랑하는 돌연변이는
많은 자식 중 가장 효자였다

사랑으로 받아 누리니
노랬던 하늘

유리바다 빛 되어
4차원의 희망이 생기고
꿈으로 펼쳐질 천국 축복이 되었네

4차원의 삶은 이 땅에서 키워
성숙으로 자라가는 천국이다
빛의 나라가 세워진 황홀한 곳이다

비대면 계절

살다 보니 비대면
계절이 찾아와도 만났다

이렇게 수상한
계절엔 내가 나를
대면할 가장 좋은
시간이 아닐까?

언제나 같이 있어 주고
놀아주고 웃어주고
걱정해주고 책 읽어주는

나 자신이란 좋은 친구가
항상 함께 있는데
왜 나는 내 안의 나인
그녀를 찾지 못했을까?

비대면의 계절
내가 나란 그녀를 만나서
외롭지 않게 시간을
공유함이 큰 발전인 것을

끝없이 찾아가고 싶다
4차원의 세계로
말로는 표현이 불가능
빛으로 찬란한 그곳으로
하 선교사님이 가르쳐준 그곳으로

내가 나를 만나고
그분을 만나는 축복의 길이
끝없이 열려있는 곳으로

하늘법칙

먼지가 빛을 입고
먼지가 빛을 입고
4차원에서 춤을 춘다

그분의 축복 벧엘에서
은혜의 보약 매일 먹고
새 땅과 새 하늘에서
신나게 찬양하니
몸이 나비 되어 흘러 다닌다

믿고 행함으로
주시는 찬란한 이 축복
황금 사다리 하늘 향해
무지개로 놓여있네

먼지가 빛을 입고
먼지가 빛을 입고
4차원 찬송을 부른다
4차원 찬미를 부른다

내 영혼이 자유하다

내 영혼이 예술이다
내 영혼이 사랑이다

벧엘의 꽃

벧엘수양원에는
꽃들이 걸어 다닌다

걸어 다니는 꽃들을 보면
땅에 피어있는 꽃보다
눈길을 더 훔쳐 간다

우리는 걸어 다니는 꽃을
보면서 말을 건넨다
꽃은 다정히 반응해 준다

벧엘수양원에는
꽃보다 아름다운 선교사님이
걸어 다니는 벧엘의 꽃이다

어느 원장

벧엘수양원에 다녀온
그녀에게 물었다
원장님 강의 참 좋았죠?

그 원장님요?
넘 잘 생겨 정신줄 놓고
쳐다보느라고
강의는 기억에 없지만요
그의 품에 안기면 평생을
안 아프겠다 싶었죠

아하, 미남을 바라보는 것만도
병이 낫는다면 처방은 다양한
존재로도 양약이 되겠네

그분 품에 안기면 기쁜 안식
영원히 보장될 것을
그녀도 알게 되리라

사랑이 그리움 되고
정이 사랑 되어 흐르는 벧엘

어떤 원장님 품이 아닌
그분 품에 들어가면
치유는 절로 일어날 것을

치유는 사랑이고
사랑은 회복이고
그분이 주신 하늘의 축복이고

우리는 그저 기뻐하고
우리는 그저 감사하고
우리는 그저 사랑하고

웃음꽃

꽃비가 내린다
꽃바람이 분다

하동의 숲속에
벚꽃 잎 한 장 날아와
풀잎에 앉았다

파란 풀잎에
하얀 꽃잎은
제 자리를 찾아
생명 꽃을 피웠다

무슨 꽃일까 가만히
들여다보니 가냘픈
꽃잎이 배시시 웃는다

바람이 낳은 꽃을
웃음꽃이라 이름 지어
다정히 불러주었다

웃음꽃은 우리를 보고

예쁜 미소를 선물했다

건강이 따라서 웃는다
웃으면 건강해지는 원리
사랑하면 행복해지리라

침대가 통곡의 벽

이스라엘 통곡의 벽에
매미처럼 붙어
울부짖고 기도했던
그때가 생각이 난다

주일 새벽 4시 반
무릎 끓고 침대를 잡고
배운 기도 순서대로 아뢰는데
회개의 순간이 되었다

선교사의 부탁이
쪼그리고 앉아 쑥이나 나물을 캐면
건강에 안 좋다고 했는데
환우들은 욕심을 버리지 못한다

맨 앞자리 코앞에서
생생하게 듣고도
다음날 쑥을 캐는 여인이
왜 또 내 눈에 띄었을까

용기 내어 캐지 말라 했더니

안 보는데 좀 캐면 어떠냐고
반박을 해왔다

새벽기도시간 내 죄를
회개할 때 통곡의 벽 잡고
펑펑 울 때처럼 목울대에서
슬픈 소리가 요동쳐 올라왔다

벧엘수양원 꽃은 타인을 위해
웃음과 미소를 선물하는데
난 왜 들어주지 못하고
눈감아 주지 못했던가

쑥의 범인은 내가 아닌가
못 뚝 할머니 도우려
쑥 두 포대 구매한 게
부러움의 대상이 될 줄은
정말 예상치 못한 일이었다

내 탓이고
내 탓이라고 고백하니

성령의 위로가
나의 온몸을 감싸 안았다

새벽의 동쪽 하늘
새 빛으로 차오르는
눈부신 생기가
온 누리에 환한 빛을 켠다

그대는 해피

아는 이 단 한 사람도 없는
산속의 찬바람이
가슴으로 스밀 때
살포시 다가와 준
그녀의 닉네임은 해피였다

간호장교 소령으로 은퇴
보건소 소장으로 은퇴
그녀의 카리스마는
사람을 다루는 자질이 으뜸이다

나보다 한참 어리지만
내 언니같이 스승처럼 포스가
기품 있는 우리들의 해피다

산행에 처져 걸을 때
선탠 할 때 식사 때도
기다리고 챙겨주고
배려심이 산의 품속처럼
그분의 날개 밑 같았다

사람은 자연으로 키워지고
사람은 사람과 더불어 자라는가
해피를 통해 다시 삶을 배우게 된다

만물과 사람이 나의 스승이고
나는 죽을 때까지 배우리라
오늘도 승리의 깃발이
벧엘의 하늘에 펄럭이고 있다

그대는 웃음이고

만난 지 3주차이다
그런데 3년이 된 친구처럼
내게 웃음을 선물해주는
그녀의 예명은 이삭이다
그녀의 예명은 웃음이다

사람들에게 웃음을 선물로 주는
그녀의 레퍼토리는
무궁무진無窮無盡 하다

간호사 35년 차인
그녀의 입술 주위는 늘
미소의 파동이 잔잔히 퍼지는
웃음꽃을 피워낸다

밝은 에너지로 즐거움과
꽃 웃음을 먹여 주는 웃음이
그녀의 입술은 미소 꽃잎이다

매일 등산 때마다
그녀는 나의 등을 밀어주어

내 발걸음을 가볍게 해 준다

어제도 오늘도 내 딸보다
내 여동생보다 더 좋고 좋다
내일도 모래도
동행하고 싶은 내 욕심이
그녀를 놓고 싶지 않게 한다

웃음아 아름다운 웃음아
오늘도 내일도 어제도 고맙고
고마운 우리들의 꽃 웃음아
하나님의 은총이 늘 함께하시길

웃음이 보고 싶을 때는 어떻게 하지?

콩나물 딱가리

콩나물 국을 먹는데
깨끗이 다듬어서
뚜껑이 없네 라고 했다

옆자리에서 킥킥거리며
뚜껑이 아니고
껍질이라고 가르쳐 줬다

앞줄에서 딱가리라 했고
그 옆에서 대가리 모자지
그 옆에서 콩나물 대가리
콩 덮게지 라고 제각기 말했다

벧엘수양원 식탁이 흔들흔들
웃음을 못 참고 파안대소 했다

모든 눈길이 따라서
웃음꽃으로 허공을 채웠다
웃음이 둥둥 떠다니는 콩나물 국그릇

콩나물도 웃음을 창조하는데

하물며 만물의 영장인 우리들이랴
웃자, 웃음이 웃음을 낳는다

엔도르핀과 세라토닌 호르몬은
행복과 건강을 지켜주는 웃음
웃음을 아낌없이 웃고 웃자

추억소환

오늘도 백개미들
잡느라 분주했다
싫지 않고 재미있었다

미국에서 삶을 시작할 때
가난해서 싼 아파트에 살 때
카카로치*들 잡느라
밤새워 한숨짓던 때가 생각났다

그 시절의 고생과 수고가
오늘의 나를 성장시켰고
화장실이 막혀도 내 손으로 뚫고
똥을 싸 놓은 변기를 청소해도
인생이 즐거운 요즘이다

백개미들 추억을 소환시켜
지난날 고생 덕분에 험한 일도
쉬이 지나가게 된다

어제의 고난이 성숙으로 자라
오늘이란 시간을 빛나게 하는

무지개 옷을 잘 차려 입혀 준다

어떤 괴로움도 견디는 과정이
축복의 통로가 열리는 길인 것을
백개미들과 즐거운 한때였다

비바람이 지나가면 맑고 밝은
날이 반드시 오는 자연현상처럼
어제보다 좋아진 오늘의 건강
내가 나를 안고 내 몸에 키스한다

* cockroach, 바퀴벌레

생강나무

산책길 양 옆으로
비를 맞으며 피어있는
생강나무 앞에 마주 섰다

메마른 내 몸처럼
겨우내 바싹 메말라
죽은 줄 알았던 가지마다
귀엽게 돋아나는 노란 꽃순들

꽃의 봉우리들이
내게 말을 건넸다
너의 몸에도 생기의 기운이 돌아
꺼졌던 미토콘드리아가
힘차게 켜지고 있다고
짧아진 텔로미어가 길어지고 있다고

자연의 품속에 안겨 있으면
모든 질병은 견디지 못하고
내가 모르는 사이 달아난 것을

생강나무가 화들짝

노란 미소 짓고
나의 몸은 화들짝
푸른 미소 짓고 자연과
나는 어느새 하나가 되었다

생강나무야~ 고마워~
네가 내게 희망을 주었듯
나도 누군가의 희망이 될게

매일 올려다 보는 하늘
오늘은 눈부시게 푸르네

햇볕 이불

벧엘동산에 오른
웃음이와 기쁘미
어느 묘지 옆에 자리 잡았다

두 사람은 윗옷과
아래옷을 벗었다

그늘을 깔고 누운
두 여인의 가슴이 투명한
햇볕 이불을 뚫고
적나라하게 드러났다

소나무 가지 끝에 앉은
이름 모를 새 한 마리
여인의 유두가 먹이로 보였을까?
배고프다고 울어댔다

웃음이와 기쁘미는
4월의 따스한 햇볕 이불 덮고
달콤한 선탠 속으로 빠져들었다

눈감고 보는 하늘은
꿈꾸는 핑크빛이었다

온몸이 힐링 되어
구름꽃송이 속으로 들어간
웃음이와 기쁘미는
4차원 여행을 하고 있었다

겸손나무 꽃

때죽나무 아래서
내 코는 겸손을 모른다
자꾸만 고개가 뒤로 눕는다
맡으면 맡을수록
마누카꽃 내음이
내 코끝에 꿀을 바른다

천만 송이 꽃은
한결같이 고개를 숙여
땅만 내려다보는 때죽나무꽃

자기를 짜서 최고의 향기를
모두에게 선물하는
이 나무의 이름을
나는 겸손의 꽃나무라 부른다

겸손의 꽃나무를
바라보고 있으면
나도 닮고 싶어진다

때죽나무꽃처럼

나도 아래만 내려다보고
겸손하게 살 수 있게 기도 한다

화살응답의 말씀
'겸손이 최고의 하늘축복이다'

대언의 그분 말씀

물고기 물속에서 사는 것처럼
우리들은 땅에서 살아간다
지구의 생명들
풀잎의 이슬처럼
사라질 것을 아는 우리는

그분이 대언해 주신 말씀을
수십 년을 마음으로 믿어 그려지는
성경 행간마다 헤엄쳐 오신 분이 전하는
4차원은 언젠가 우리가 갈 그곳
영의 눈으로 믿어 그려지는
새 하늘과 새 천국

풀잎의 이슬 같은 생명들
견고한 진주 되어
영원히 빛날 생명이 되었네

예수~ 예수~ 예수~
그 이름 높여 부르고 또 부르며
구원받았네, 우리 구원받았네

새 땅에서 영원히 살아갈
참 소망이 생겼네
4차원에서 빛나고
평화롭게 살아갈
참믿음이 생겼네

알렐루야~~
할렐루야~~

황금 사닥다리

무수한 세월을
타국에서 목숨을 걸고
예수를 전도한 하 선교사님이
성경 속에서 걸어 나온 듯
가르치고 가르치네

새 하늘 새 땅으로
새사람 될 준비하여
올라가는 길을 성경의
행간까지 씹어서
예수 사용법을 먹이고
예수 사랑을 먹여 주었네

아, 꿈이 없는 이 시대
인공지능이 아닌
예수 사용법 배워 빛의 행성
4차원 갈 수 있는 소망길 열려
뜨겁게 자꾸 뜨겁게
가슴이 불처럼 타오르네

벧엘 야곱의 사닥다리처럼

내 앞의 황금 사닥다리가
빛으로 눈이 부시네

성경속에서 걸어 나온 천사
중국에서 오신 하 선교사님이
수고로 설치해준 다리
성경 속으로 들어가고 싶네

나도 그 속에서
말씀을 먹고 시편의 저자처럼
시로 노래 부르고
그분과 동행하며 기쁘게
살아갈 4차원 소망 생겼네

황금 사닥다리를 날아오를
날개가 내 등에 자라고 있네
벧엘의 하늘이 파랗게 열려있네

그분의 사랑

끝없이 내려주시네
은총의 빛으로
치유의 권능으로
우리를 낮게 하신
그분의 사랑이
공기의 입자로 내 몸에
스미어 건강을 지켜주시네
그분의 사랑 없이는
하루도 나는 살 수가 없네

그분은 산소가 되어
내 안에 스미어
생기를 켜주시네

2부

나의 케렌시아

나의 케렌시아

당신 말씀이
제 피난처입니다

당신 사랑이
제 안식처입니다

당신의 존재가
제 삶에 끝과 시작입니다

당신의 신비 속으로
완전히 스며들고 싶습니다

귀소본능

보고픈 우리엄마
엄마의 품 안이
한없이 그립습니다

그리운 우리엄마
엄마의 자궁 속으로
돌아가고 싶습니다

사랑하는 우리엄마
그 시절이 절실합니다

사랑하는 우리엄마
본향에 가면 만나게 될

태풍 난마돌

비가 가로로 달린다
바람의 도움으로

나는 날아간다
세월에 떠밀려

어디로 가고 있을까?

태풍 힌남노

해운대 모래밭을
평원으로 만들었다

바다의 노래 들으며
아이들은 공놀이 하고
어른들은 어싱을 하고
연인들은 데이트 하고

나는 파도와 놀았다
태풍 힌남노의 도움으로
평지가 된 모래밭으로

파도가 와서 놀자고 했다

달빛

새벽의 화장실 길
당신이 켜주신 자연의 등불

창문으로 쏟아져 들어오네
그리움도 쏟아져 들어오네

손등을 안 켜서 고맙지만
달빛 타고 밀려오는 그리움을
어찌해야 합니까?

새벽 3시

화장실 다녀오다가
창밖을 내다 본다

하늘에 뜬 맑은 달빛이
내 방안을 환희 채웠네

당신은 그리움으로
내 마음을 가득 채웠네

자연 침례

비가 오면 비를 맞고 싶다
당신 사랑이 담긴
자연 침례가 좋아서

당신이 내 마음을 적시고
당신이 내 온몸을 적시고
나는 당신과 새 삶을 창조하고

당신은 내 안에 살아 있고
나는 당신을 섬기고 구원을
선물 받은 나는 기쁘미가 되고

비를 맞는 것은
당신이 주시는 은총이고
사랑의 침례가 되는 것을

춤추는 새

이든 밸리 산속에서
새가 춤을 추면서 날고 있었다
새가 말을 했다

자유가 좋다고
평화가 좋다고

나도 양팔을 활짝 펴고
십자가가 된 몸으로
새처럼 춤을 추었다

내 마음에 자유의 춤이
내 온몸으로 평화의 춤이
당신의 사랑으로 춤을 추었다

이든 밸리의 약손

그녀는 약사 셰프이다
건강식을 약처럼 창조하는
그녀의 손은 약손이다

예술품처럼 아름답게 빚는
그녀의 음식을 먹고
회복한 환우들이 고마워서

"감사합니다, 감사합니다"
인사를 챙기면
"아니에요, 제가 한게 아니에요
좋으신 하나님이 하셨어요"

그녀의 가슴과 입술은
성령의 두루마리로 입혀져 있었다

마치 하나님의 친딸을 보는 듯
그녀는 이든 밸리의 약손이다

컬러풀한 예술작품 같은
그 밥상이 그리움이 되어

자꾸자꾸 나를 불러댄다

나의 세포들이 좋아하는
이든 밸리의 밥상은 은총이다

어떤 싱글

내 마음은
그대에게 갇힌 감옥
어디를 가도 따라다니는

그대는 내 시간을
그대는 내 세월을

그대는 떠나도
내 안에서 살아가는 그리움
나는 그대랑 사는 싱글

늘 사랑하며 살아간다
오직 그대만을 그리며

카르페 디엠

매일 기억하고 싶다
이 순간의 소중함을

너는 후회하고 싶지 않다
내일이 된 어제를

마지막 그날의 감사함보다
오늘의 이 알찬 기쁨을

지워질 이 순간을, 너는
꼭 잡고 즐기며 환대하라

메멘토 모리

너는 매일 죽음을 산다
죽음이 곁에 있으니
친구처럼 곁에 있는 것을

죽을 때 웃으며
여행할 수 있는
추억을 준비하는
웃을 수 있는 죽음을 산다

어제는 죽고 없다
내일도 죽고 없다
이 순간은 웃을 수 있고
살아 있는 하늘축복이다

너는 천상의 세계를
이 땅에서도
꿈으로 웃음으로 즐겨라

멋쟁이 웃음이

외로움은 인간의 본질이기에
내 삶을 죽음과 나란히 세운다
죽음이 붙어있는 삶은 외롭지 않다

나는 암세포와 살면서
재미있는 웃음을 배웠다
암은 웃음을 가르치는 스승이다

이젠 죽음도 나를 웃긴다
삶과 죽음이 공존하기에
이토록 아름답고 소중한 오늘이다

여기 암도 죽음도 웃을 수 있는
너는 네가 자랑인 웃음이다
나는 내가 멋쟁이 웃음이다

삶이란

죽음이 기다리는 곳으로
조금 더 가까이 가는 것이고

무리하면 스트레스가 되고
병이 친구 하자고 오는 것이고

그런 슬픔과 아픔을 이기는 길은
그분의 손을 꼭 잡고 의지하는 것

누구에게나 열리어 있는 이 길은
나의 선택과 결정만으로 되는 것을

최고의 선택

한 가지만 선택하라시면
저는 당신을 품고 싶어요

제 생애 가슴 설레게 할 일은
당신밖에 없음을 고백합니다

죽음과 질병 가운데 있어도
당신 안에 있으면 생기입니다

당신이 제 유일한 희망이고
당신이 제 최고의 삶입니다

3부

다니엘 빌리지에서

대전역의 단비

성령의 단비가 오는
대전역에서
우린 얼싸안고 반가웠지

다니엘 빌리지에서
말씀을 공부할 때
그분이 함께 하심을
마음속 울림으로 느끼며
우린 무지 행복했지

성만찬같은
사모님의 정성이 담긴
사랑의 건강음식으로
이별식을 하듯
먼저 떠나오면서

핑크옷 입은 그대의 긴~
그림자를 두고 돌아서는
내 마음은 슬펐지

하지만

다니엘 빌리지는
성령님이 임하신 곳
그분과 동행하는 식구들
그대와 함께 있으니
내 마음 조금은 위안이었지

오늘도 성령의
단비가 오려고
대전역이 은혜로 웃는다
우리들의 웃음에 달아나는
돌연변이 세포들
우리의 웃음을 이기지 못하지

이 순간의 슬픔은
영원한 기쁨을 잉태해 있지

그대꽃

설악리조트에서
그대의 미소는
시든 꽃잎이었고

영덕에서
그대의 미소는
햇살 품은 꽃망울이었고

다니엘 빌리지에서
그대의 미소는
활짝 핀 진달래였지

그대의 미소는
영원히 지지 않을
주의 꽃 그분의 꽃

세상을 이긴 꽃 그대 꽃

진달래

겨울내 죽은 듯

잠자던 네 몸이

봄 햇살 받아

혈관에 수액이 돌고 돌아

피워낸 붉은 에너지

봄 동산이 미친 듯 웃는다

나의 꺼졌던

미토콘드리아도 활짝

생기를 켠다

텔로미어 길이가 쭈우욱

생명을 연장시키고

온몸에 진달래 피가 돈다

진달래가 붉게 웃는다

사모님

다니엘 빌리지에서
봉사하시는 사모님
대학교수 출신으로
험한 일을 안 하셨던 분이
어떻게 그 많은 일을
소화해낼 수 있는지
보기만 해도 연민이
안타까운 우리 사모님

아침저녁으로
하루에 두 번씩
영적 양식을 위해서
성경을 가르쳐주시고
환자들 사랑으로 품고
상담을 해주며 손 꼭 잡고
매일 기도 해주는
귀하신 우리 사모님

식사 때마다 부엌에서
정성을 다해

사랑으로 지으시는
보약 같은 건강 음식

식사 후엔
속리산 법주사 세조길을 걷고
말티재 자연휴양림을 걷고
환우들 챙겨 함께 걷는다

몸과 마음이 같이 하는
몸이 열이라도 감당하기에
힘든 일을 하시는 우리 사모님

음식량과 먹는 방법까지
알뜰살뜰 가르쳐 주며
회복되어 퇴소하길 원하는
사랑이 넘치는 우리 사모님

우리가 할 수 있는 일은
사모님의 건강을 지켜달라는
기도가 소망이었다

사모님의 지극정성과 기도로
우리는 이미 나음을 입었다

성경말씀 암송 천재

세계 최고의 부촌 중 하나인
캘리포니아 서부 해안에 있는
팔로스 버디스에서 오신
천재적 소녀 같은 그녀

그녀는 말씀 공부할 때
성경 내용을 강물처럼
노래하듯 암송했다

사람들은 감탄하며
고개를 좌우로 흔들었다

인지기능 장애로
단어와 문장이 지워져 갈 연세에
어떻게 그렇게 폭포수처럼
막힘 없이 성경 암송하는지
관계가 마치 부부 같은
그녀와 그녀의 아들이
사람들의 귀감이 되었다

85세의 그녀는

어렵거나 힘든 일이 있을 때
상황에 맞는 성귀를 암송하고
기도로 간구하면 성령이 임하고
그분께서 도움을 주신다고 간증했다

나이가 들면서
세상 공부한 것은 소용없고
성경 구절을 신나게 암송하는
그녀가 나는 한없이 부러웠다

LA에서 와서 통하는 것이 많고
나에겐 왕언니처럼 반가운 존재였다

오래도록 기억될 그리움이 된 그녀
왕언니의 성경 낭송이 링거보다 더
값진 에너지를 생성하게 했다

순간의 인연이었던
왕언니가 가끔 그리워진다

소나무에 둘러싸인 달

새벽에 잠이 깼다
별들이 보고파 창을 열었다
별은 보이지 않고
소나무를 평풍으로 두르듯

검푸른 하늘에
붉은 띠를 두른
짙은 노랑 달이 선명히
나를 보고 미소지었다

다니엘 빌리지에서
나는 주님과의 첫사랑을
회복하고
삶의 균형도 찾았고
건강회복도 호전된 것을

이 새벽 저 노란 달이
그분의 뜻을
말씀처럼 전하고 있다

달을 보고 서 있는

내 얼굴은 노란 달이 되고
헤죽헤죽 달에게 웃음을 보내고 있는
나는 건강하고 행복한 여자였다

침실에 엎드려

참으로 이상한 일이다

다니엘 빌리지에 온 후
기도가 절로 터졌다

나는 침실바닥에 엎드려
사모님과 환우들을 위해
수시로 기도를 드렸다

'오직 예수만 보이더라'
'생애의 빛'
'시대의 소망'
공부하는 책들을 읽고
기도하면서
환경의 중요성을 알았다

다니엘 빌리지는
기도 하는 의사 원장님
말씀 사모하는 사모님
성령의 바람이

성령의 물결이
넘치는 친환경 분위기이다

공해 없는 맑은 하늘에서
'사랑한다 내 딸아'
그분의 음성이
흰 눈처럼 내렸다

평화와 사랑이 자라는 곳
매일 즐거움과 기쁨이 있는 곳
치유 안 될 이유가 없는 곳
나는 기도로 응답을 누렸다

내 안에서 그분의 사랑이 타작되고

보은에 흰 눈이

LA에서 못 본 눈을
한국에서 자주 만난다

아침에 일어나니
흰 융단처럼 눈이
잔디밭을 덮고 있었다

나이가 들수록
마음은 유년이 되나 보다
기괴한 소리를 내며
눈을 반겼다

LA에서 오신
왕언니도 귀한 눈이라
문학소녀가 되었다

우리는 세상에서
가장 정성이 듬뿍 담긴
건강 음식을 꼭꼭 싶으며
흰 눈 덮힌 앞산을 감상했다

솔나무에 핀 눈꽃이
눈부시게 아름답고
나는 이곳에 오래도록
머물고 싶은
마음이 간절했다

흰 눈이 나를 뜨겁게 유혹했다

코안에 생긴 폴립

M 교수는
코안에 폴립이 생겨
호흡도 제대로 못 하고
힘든 시간을 보냈다

다니엘 빌리지에 와서
생명 주신 그분을
섬기고부터 많이 좋아졌단다

낫는 것에도 순서가 있는 듯
그분을 섬기고 절실히 매달릴 때
그분은 어떤 깊은 질환도
낫게 해주신다고 믿었다

동반자를 잘 만나는 것은
축복 중 큰 축복이 아닌가 싶다
M 교수의 아내는
지극정성으로 남편을
내 몸처럼 돌보고 있었다

예수 그리스도의 보혈이

전염된 세포에 뿌려지고
아내의 간호가
하늘에 상달될 때 어떤 변이된
암세포도 모두가 사라지리라

M 교수의 폴립이
흔적도 없이 사라지길
그분이 치유하시리라
우리의 기도에 감동한
그분이 고쳐주시리라

혀에 폴립이 생긴 자매

후두암으로 수술받고
몇 년 후 간암으로 또 수술받고
이젠 혀에 폴립이 생겨
자연치유로 승리하겠다고
다니엘 빌리지를 찾아온 자매

그야말로 절체절명에 놓인
그녀를 껴안고 기도 하는 사모님
너무나 안타까워 우리도
기도가 절로 나왔다

입안에 폴립이 생겨
음식 먹기에 얼마나 불편할지
생각만 해도 가슴이 아렸다

아직 50대에
세상살이가 얼마나 고됐으면
그런 악성 종양이 몸의 곳곳에
대 반란을 일으켰을까
그녀만 보면 안아주고 싶었다

전지전능하신 하나님
십자가 보혈의 능력으로
당신의 딸이 씻은 듯이
깨끗함을 받게 하소서

주님의 이름으로 엎드려
간절히 기도 바칩니다

'걱정하지 마라 내 딸아
너를 만든 내가 고쳐주리라'
하늘 음성이 푸르게 들렸다

동백꽃

빨간 몸으로 태어나
추위에도 뜨겁게 웃고
죽음도 미련 없이 맞는다

동백아 나도 너처럼
이 세상에 왔고
너처럼 뜨거운 사랑 선물하고
언젠가 그날에는
너처럼 미련 없이 떠나고 싶다

너를 닮고 싶다 동백아~
뚝.
뚝.
뚝.

미움과 축복

살다 보면 큰 잘못도 없는데
벼락 맞은 느낌이 들고
미운 사람이 생길 수 있다

미움과 원망이 오면
얼른 알아차리고
그 사람을 위해
축복의 기도를 해 준다

축복의 기도는 많이
해 줄수록 서로에게 좋다
아무리 밉고 원망스러워도
억지로라도 축복의 기도를
계속해주면 내 마음이 편해진다

미움의 생각이
벼락 치듯 날아들 때마다
그 사람을 생각하며
축복의 기도를 해 준다

가시밭이던 내 가슴이

어느새 국화밭이 되고
장미밭이 되어 내 마음이
향기 그윽한 꽃밭이 된다

남을, 이웃을 위해
기도해주면
그분께서 나를 위해
마음 밭에 은총 가득
축복 가득 단비를 내리신다

바라지 말고 주자

남의 것은 무엇이든지
대가 없이 탐내지 말자

그분의 뜻이고 말씀인 것을
남이 수고 하고 얻은 것을
내가 왜 바라는지
자기 들여다보기를 게을리 말자

피와 땀으로 얻은
노동의 대가인
남의 주머니에 든 것을
나의 주머니에 옮기려 하지 말자

그분의 참뜻은
남의 것 탐내지 말고
내 것을 베푸는
사람을 축복하신다

줄 것이 없으면
마음으로 하면 되고
미소로 하면 되고

웃음으로 하면 되고
시간으로 하면 되고
친절한 말로 하면 되고

진심이 담긴 말은
물질을 이기는 선물이 되고
상대의 무의식에 심어져
그 가치가 오래도록 남으리라

더는 바라지 말고 주자
가지고 갈 것은 없어도
주고 갈 것은 많아서 얼마나 좋은가

가슴에 새겨질 힘 있는
한 마디는 천금보다 귀한
값지고 의미 있는 선물이 된다

하늘에 그분의 미소가 그려진다
하늘에 그분의 미소가 가득하다

속리산 호수에서

속리산 호수 둘레길 걷는 내내
당신은 저를 새크라멘토
렉타호로 데려갔지요

지난날 당신과 함께
렉타호 둘레길 걸을 때는
황금빛 행복임을 몰랐네요

오늘 속리산 호숫가를 걸으며
저는 당신을 밀어낼 수가 없네요
그래요, 그때는 함께였으나
홀로 인듯 했지요

지금은 환우들과 함께 걷는데
저는 당신과 단둘이
걷는 듯 하네요
속리산 저수지 풍광이
새크라멘토 렉타호 보다 더 고와요

당신의 크신
하늘축복이 아닐 수 없는

우리는 하늘과 땅에서
영혼으로 영원히 하나인 것을
오늘도 엎드려 감사드려요

하늘의 영광이
이 땅의 평화가 되길
이 땅의 평화가
하늘의 영광이 되길

하늘향기

봄비가 싣고 온 싱그러운 공기
하늘의 향기가 방안 가득히
당신의 생기로 돋아나서
내게 달콤하게 속삭이는 아침

나는 이 땅에서
저 하늘을 누리는
천국의 향기를 음미하고
봄비는 나의 정원에
사과꽃을 피우는데

당신의 속삭임
내 안에 차오르니
어디든 하늘향기 그윽하고
나는 자유로운 한 마리 사슴

당신의 정원은
벽이 없는 들판
푸른 초원에
끝없이 자라는 평화
사랑 밭에서

기쁨이 터지는 행복
당신의 품속은
우리들의 놀이터

함께여서 세상
걱정 벗게 되네요
오늘도 당신 덕분에
감사하고 감사한 하루네요

KCW 박사

보은 다니엘 힐링센터에
아는 분이 머물고 있어서
KTX를 타고 대전역에 내리던 날

박사님은 사모님과
제가 만나고 싶었던 지인과
마중을 나와서 얼마나 반가웠던지

속리산의 정기가 느껴지는 곳
차량이 다니지 않는 산속 마을
맛있는 공기를 배부르게 마셨다

우리나라는
가는 곳마다 참 아름답고
특히 힐링센터가 자리한 산속은
솔숲 자작나무숲 편백나무 숲으로
풍요로운 산소가 온 천지에 가득하다

3일째 되는 날 아침 방문의 노크에
문을 여니 박사님이 서 계셨다

"갑상선 암은 관리 잘하면
주어진 수명보다 5년은 더 삽니다"

암세포가 왜 생기는지 연구하시는
박사님은 제게 희망을 주시려고
엄청난 선물을 친절로 건네주셨다

오~ 그렇구나
관리를 잘해서 건강을 되찾아
다른 환우들에게 희망과 용기와
웃음과 친절로 축복을 나누어주는
그런 일을 할 수 있으면 좋겠다

KCW 박사님처럼 환우들에게 꿈을 켜주는
다정한 사람이 되고 싶다는 생각이
내 가슴에 물보라처럼 피어올랐다

"K 박사님과 사모님께 진심을 담아 감사드립니다"

4부

칠보산 솔나무 숲에서

향기선생과 짱구선생

1월 5일 22년 겨울
날씨가 따스한 소한이다

보리레스토랑 아래
금잔디밭에서
라인댄스를 배웠다

꽃향기를 폴폴 날리는
아름다운 향기님과
멋쟁이 총각선생 짱구님이
봉사로 가르쳤다

사랑의 콜센터에서
100세 된 할머니의
장민호가 총각이어서 좋다고
한 말이 공감이 갔다

총각향기가 풀풀
미남향기가 싱그러운
짱구 선생님과

알뜰살뜰 가르치는
향기 선생님이 좋아서
자꾸만 추고 싶은
댄스 댄스 라인댄스

신나게 가르치는
향기 선생님과
짱구 선생님이 멋져서
즐겁고 신나는 운동
댄스 댄스 라인댄스

그대는 하늘축복받을 사람
그대는 하늘사랑받을 사람

사랑을 선물하는 서비스
사랑의 라인댄스 봉사자

영덕 대소산에서

완전 봄 날씨 같은
한가운데 이 겨울철
신나는 주말이다

헐리우드 뒷산을
오를 때처럼 편안한
산허리 길이었다

정상에 올라
사방을 둘러보니
첩첩이 겹쳐진 산이
여덟 겹이나 되어 보이는
수채화처럼 아름다운 곳이다

계곡을 바라보니
엷은 하늘색 에너지가
빛의 알갱이로 반사되어
산소의 기운이
온 장기 속으로 스며들었다

첩첩산중 정상은

춤과 노래가 절로
창작이 되고
신나는 아우성은
메아리로 즐거웠다

좋은 산소의 기를 받고
존재의 감격에 절로 흥이 나는
진주처럼 빛나는 값진 하루를
선물로 받음에 감사했다

우거진 산죽을 맨손으로 헤치고
수고해 주신 하영욱 대장님의
봉사 덕분에 새로운 풍광을
마음껏 즐긴 신나는 하루였다

온 사방에 푸른 웃음이 흐른다
온 사방에 푸른 산소가 웃는다

울진 후포 갓바위

육지에 '팔공산 갓바위'가 있다면
바다에는 '후포 갓바위'가 있고
이곳에서 간절히 바라는
소원을 한가지 청하면 꼭
이루어진다고 한다

건강을 잃은 나는
후포 갓바위를 다스릴
바다의 신 포세이돈에게
간절한 마음으로 건강을 청했다

후포 갓바위가
나를 바라보며 삐딱이 웃었다
나도 안다
내가 얼마나 한심한지를
나도 갓바위 보며 삐딱이 웃었다

내 병은 내가 고친다
뉴스타트 프로그램으로
만드신 그분이 고쳐주신다

헨델의 메시야가
바다 위로 우렁차게 날아다녔다

울진 후포 스카이워킹

바다 위를 걷는 기분이
하늘 위로 날으는 갈매기 같다

구름다리 아래로 찐 초록색
물감을 통째로 풀어놓은 듯
하와이 골프장 색깔보다
더 푸르고 푸르다

저토록 아름다운 물결을
볼 수 있고 살아있음에
감격이 출렁다리가 되었다

초록색 평화의 물결이
내 가슴의 무의식으로 부터
윤슬의 힐링 빛을
발산하고 있었다

너는 다아 나았다
너는 다아 나았다

초록 물결이 속살거리고
초록 물결이 춤을 추었다

울진 등기산 팔각정에서

후포의 바다와
하늘이 똑같은 색깔이다

맑은 아름다움이
사방으로 둘러싸인 팔각정
친구들과 앉으니
하늘과 바다가
모두 내 품에 놀고 있었다

하루에도 여러 번
지옥과 천국을 오가지만
이 순간은 내 안으로
기쁨의 절정이 넘실거린다

너는 파란 하늘이고
너는 파란 바다이고
너는 하늘과 바다를
호흡으로 넘나들고 있다

너의 폐가 푸른 생명으로
돋아나 파릇파릇 자라나고

싱글벙글 미소로 신나해 한다

하늘을 올려다보면
너의 마음이 파랗게 물들고
감사가 감사의 노래를 부른다

울진 선묘낭자 조형물

하늘길 끝에는
의상대사가 사랑한
선묘 낭자의 조형물이
영원한 사랑을
대신하고 있다

러브스토리는 슬퍼도
아름다움으로 전해지는 사랑

의상과 선묘의 사랑이
전설로 이루어져 갈
사랑의 열매가 아니겠는가

사랑 얘기는 픽션이든
논픽션이든 아름답기만 하다

내 최선의 사랑은 아직
꿈에서 깨어나지 못하고 있다

의상대사와 선묘낭자 같은
슬픈 사랑을 행복하게 하고 싶다

아니다
슬픈 사랑은 사양하고 싶다
쳐다만 봐도 웃고 싶은
행복한 사랑을 하고 싶다

영덕 상대산

관어대에 올랐다
절벽 위에서 내려다보이는
냇가를 보고 멈칫했다

잠수봉의 죽두산
선교지 스토리 때문이다

호흡으로 슬픈
마음을 가다듬었다

권종대 선생의 묘비에는
프로필과 훌륭히 살다 가신
흔적이 참 자랑스러워 보였다

그는 떠나서도
목은 이색과 더불어
영덕과 함께 영원을
살고 계셨다

나라와 사회와 민중을 위해
희생으로 살다 가신 분은

아름다움으로
사람들의 정신 속에
영원히 살고 계신 것을

하늘이 기록으로 알려주고 있다
우리들의 가슴에 존경을 담아서

영덕 관어대 오르는 길

여러 갈래의 길이 있었다

우리는 하영욱 대장의 의견을
반대로 힘든
산죽길을 선택했다

잡다한 산의 풀과
대나무가 자라
길이 막히어 있었다

우리 일행은
없는 길을 만들며 걸었다
힘든 고행 끝에
넓고 환한 길이 걸어 나왔다

인생의 길도 이와 같으리
막히면 다른 길이 있으리

조금 편한 길과 조금
더 어려운 길이 있을 뿐

막힌 길은 뚫고 가면 되고
높은 깔딱 산길은
조금만 견디면 되는 것을

정상에 서니 사방의
푸른 빛 풍광이
우리들의 품으로 밀려왔다

모험과 용기와 고생 끝에는
반드시 기쁨의 결실이
완전한 설레임의 정상이
약속처럼 기다리고 있었다

노력은 배신을 모르는 고지
해냈다는 위대한 긍지를 준다

영덕 관어대 정상에서

목은 이색 선생의 흔적이
살아 숨 쉬는 관어대 정상
눈 앞에 펼쳐지는
고래불 해변이
한눈에 다아 들어왔다

겹겹이 밀려오는
파도의 느린 걸음걸이가
아스라히 보이는
생동하는 그림 같았다

명사 20리 해변이
수채화로 보이는
아름다움을
내 영혼이 보관했다

존재의 희열이 이리도
가슴 설레게 하는
이 삶을 좋은 것만
선물하고 구경시키며
기쁘게 기쁘게 살리라

물고기들이 사는 모습을
관찰하고 관찰했다는
관어대 정상에서
목은 선생을 묵념했다

영덕 연리지 連理枝

관어대 오르는 마을에
오래된 소나무와 버드나무가
한 몸이 되어있다

후한 말기 채옹의
지극한 효성처럼
연리지 나무는 두 나무가
하나로 자라고 있었다

두 나무가 서로 사랑해서
하나의 나무가 된 것처럼

우리 모두도 한 몸처럼
서로서로 도와주고
격려하며 연리지처럼
건강하게 살아가리라

우리나라도 언젠가 다시
하나의 몸이 되기를
연리지 나무처럼

사랑하며 살아갔으면
간절히 기도하는 연리지

영덕 풍력기

바람이 많이 부는 날
바람의 언덕으로 갔다

풍력기들이 바쁘게
일만을 하고 있었다

풍력기야 풍력기야
바람을 만드는 힘아
네 등에 나를 태워
그가 있는 곳으로
데려다주지 않겠니?

내 사랑이 머무는
꿀 바람의 나라로

풍력을 타고
날아가고 싶다
그대 나를 기다리는
황홀한 그곳으로

풍력아 나를 좀 태워줘

향기와 산속 체험

7월 24일 2022년 정오
한 치 앞이 안 보이는 길이다

향기와 나는 구름을 타고
교회를 다녀왔다

구름으로 막힌 길
도인처럼 길을 열고
웃음으로 구름 날리고
가벼운 산행도 했다

25일 밤은 구름을 타고
구름 속에서 단잠을 잤다

창문 앞 사과밭도
구름 이불 덮고
고요히 잠들어 있다

신비로운 산속의 삶
향기와 나는 오늘
신선이 된 날이다

맨몸

메타세콰이아가
옷을 벗었네요

겨울 땅이 얼어서
따뜻한 황금이불
되어주려고요

하늘이 파란 꿈을
꾸게 하네요

봄에는 더 고운 옷을
입혀 준다 하네요

영덕은 고통의 절벽을
푸른 숲으로
희망의 문을 열어주네요

즐겁게 살기만 하면
새로운 길이 열려있네요

건망증

내 몸에서 떨어지면
내 것이 아니다

어제는 모자 장갑
물통을 잃었다

남을 위해서
더러는 잃어도 괜찮다

하지만 절대로
잊어서 안될 하나

내가 나를 잊으면
절대로 안 된다

친구도 가족도
나를 잊게 된다

나는 내가 꼭꼭
붙들고 살아야 한다

신경을 마음에 두고
정신을 의식에 두고

영덕 해돋이 공원에서

지질공원을 걷고
해돋이공원 둘레길을 걸었다
떠오르는 해의 손길이
우리들의 몸의 온도를 올렸다

따뜻해진 내 마음은
차가운 온도로 떨고 있을
어시장으로 날아갔다

따뜻한 사랑을
따뜻한 마음을
햇살의 온기를
햇살의 사랑을

추위로 웅크린
어시장의 여러분들에게
행복을 나누어 주고 싶었다

햇살 온도가 필요한 그들에게
건강한 온도로 덮혀주기를
염원으로 빌고 빌었다

칠보산 농장 사장님

소나무 산소가 으뜸인
칠보산 자락에 농장이 있다

토종닭과 흑염소를
키우는 농장 사장님은
큰 사업에 실패하고 죽으려
칠보산 산속에 왔으나 산목숨
차마 어쩌지 못해 죽을 힘으로
제2의 삶을 건축하게 되었다

칠보산 농원의 토종닭은
채식만을 위해 만든
음식물 찌꺼기를 먹고 자라서
초란과 청란은 건강식의 으뜸이다

사장님의 인품도 멋지고 인심도 후해서
환우들이 농장에 들리면
귀한 청란을 구워서
아낌없이 대접해 주신다
인심이 후한 분들을 보면
염려가 되기도 한다

다 퍼주고 또 어떻게 하려고
저러나 싶고 걱정이 앞선다

산속에서 홀로 지내지 말고
말년에 좋은 인연 만나서
외롭지 않고 행복한 삶이 되도록
하늘이 은혜를 내려주시기를 우리는
농장 사장님을 위해 기도해 드린다

옛말에 박한 끝은 없어도
후한 끝은 있다고 했으니
우주의 섭리가 농장 사장님께
크신 축복이 있기를 기원해 본다

80세 생일 선물과 축복

디카 시를 쓰고 싶어서
넓은 사이즈의 핸드폰을
내가 나에게 선물했고

팔순부터 시작하는 마음으로
글을 쓰려고 새 컴퓨터를
내가 나에게 선물했고

무릎의 연골이 닳아서
오사카에서 줄기세포를 맞았고
암으로 면역력이 떨어져
후쿠오카에서 NK 주사를 맞았고

여든 살을 맞는 생일이 감사해서
어느 봉사단체 직원들 20명에게
조선비치호텔 조식 수준의
맛있는 점심을 대접했고

어린이집 아이들 40명에게는
치킨과 피자로 저녁을 먹으며
귀여운 아이들이 불러주는

생일 노래는 80년을 살아오면서
내 생애 가장 기쁜 생일이었다

동생과 올케는 조선비치호텔에서
온 가족을 모두 초청해서 누나의
팔순 잔치를 베풀어 주었고

미국에서 아들과 며느리와 손녀가
마이크 폰을 열고 생일 송을 불러주었고
엄마와 슈퍼 할머니를 존경한다며
자기들도 나를 롤모델로 살고 싶다고 했다

팔순을 맞아 더 이상의 값진
선물과 축복은 없을 것만 같았다

10월 3일 개천절인 나의 생일
하늘에서도 단풍처럼 고운 향기가
축복의 선물로 뿌려지고 있었다

매 순간 기쁘게 사는 것이
나의 의무이고 행복이다

『삶의 의미를 깨우쳐주는 사랑, 그 아픔』

안혜숙 (소설가)

들어가는 말

'힘든 병을 앓고 있는 모든 이웃을 위한 헌정시집'이라는
부제가 있는, 이향영 시인의 시편들을 탐독하면서 원고를
넘길 때마다 저절로 고개가 끄덕여졌다. 때로는 깊은 감
동과 가슴 벅찬 희열, 그리고 가슴 저린 슬픔으로 한동안
넋을 놓기도 했다. 그 순간, 문득 "생각이 깊은 영혼의 소
유자에게 적절한 시 형식"을 '비가'라고 진술한 영국 시인
이며 낭만주의의 선구자 콜리지(Coleridge)의 말이 떠올
랐다. 아마도 이향영 시인의 시편에서 느낄 수 있었던 소
재의 탁월함 때문이었을 것이다.

대부분 일반적인 시들이 비유나 수사로써 포장되거나

진부한 관행의 속성에 젖어 있던 터라, 이향영 시인의 시에서 느꼈던 특별한 감회가 주술 같은 효과를 내포하고 있음에 놀라움을 금치 못했던 것 같다.

시편마다 흐르는 단순 솔직함을 자신의 세계로 끌어들여 의탁함으로써 가장 효과적인 일상의 어법으로 자신의 절박함을 노래하고 있었기 때문이다. 속삭이듯 소곤거리는 시편들에서 이웃들에게 주는 위로와 용기는 시인의 대범함과 평생 절대자에게 순종하며 그녀 이웃들을 보살피며 살아온 그녀 마음의 터전이 활짝 날개를 펼친 듯, 한 권의 시집이 '아름다운 동산'으로 비유되어 그녀의 넉넉한 마음자리를 느낄 수 있었다.

이향영 시인을 알게 된 지도 무려 20여 년이 흘렀다. 그녀를 만나면 늘 유쾌하고 즐거웠다. 얼굴을 찡그리거나 누구를 원망하고 비하하는 말을 들어본 적이 없다. 그녀의 속내를 뼛속까지는 아니어도 그녀의 책을 여덟 권이나 직접 편집하고 출간했던 관계로 그녀의 사상과 정서 환경까지 속속들이 관망할 수 있었던 기회는 나에게 큰 행운이었다. 그래서 그녀의 시를 평설 하겠다고 원고를 덥석 받아들었는데, 원고를 탐독하고 난 후에야 뒤늦은 후회로 어리석은 소치임을 깨달았다.

더구나 그녀가 단순 솔직함으로 자신의 세계관을 문학으로 의탁해서, 가장 효과적인 안식처로 삼고 있었음을 뒤늦게 알게 된 것이다. 마치 숨겨두었던 보물 상자라도 풀어 보이듯 무려 20권이 넘는 각양각색의 시집과 산문

집이 출간되었다는 사실을 미처 깨닫지 못했던 것이 나의 불찰이었다. 결코 신탁神託을 받지 않고는 해낼 수 없는 작품들을 쏟아내는 능력과 재능에 경의를 표하지 않을 수 없었다.

이번에 출간되는 시집은 암이라는 병마病魔를 자연스럽게 받아드리는 지혜와 슬기로 이웃들에게는 용기와 위로가 될 수 있는 메시지를 던져주고 있다. 밝고 경쾌한 일상의 어법으로 자신의 절박함을 희망과 감사로 노래하듯, 때로는 새벽이슬을 털고 일어난 새들처럼 속삭이듯 소곤거린다. 그래서 그녀의 시들은 그녀의 환한 얼굴처럼 밝고 경쾌해서 저절로 미소를 짓게 했다.

그녀는 항상 친절하고 주위에 사람들을 즐겁게 한다. 그러나 암을 하늘축복이라고 규정해 버리는 시인의 결행을 그 누가 이해할 수 있겠는가. 하긴 그녀의 눈물겨운 봉사와 헌신을 일반적 상식으로는 이해할 수 없는 게 당연하다.

이번 시편들을 신중히 읽게 되면서 나 또한 그녀에 대한 편견을 버릴 수 있었다.

그녀를 처음 만났을 때, 신혼의 꿈을 제대로 펼쳐보지도 못한 상태에서 유복자만 남겨두고 남편이 떠났다는 말을 들었다. 그리고 남편의 그늘을 벗어나기 위해 미국 이민을 결심했고, 일가친척 하나 없는 낯설고 광활한 미국 땅에서 유복자 아들을 위해 갖은 고생을 견디며 대학에 입학시켰고, 한국어를 잊지 말라는 간곡함으로 어학연수를 보냈던 고국 땅에서 불의의 사고로 그 아들이 목숨을 잃었다. 비록 지인에게서 건너 들은 그녀의 사연이었지만, 그녀의 절망이 얼마나 컸을지는 상상만으로도 가슴 아픈 일이었다.

　더구나 낯선 땅에서 그녀 말대로 화장실 청소까지 해가며 아들 하나 바라보고 아들 하나 잘 되기를 기도하며 외롭고 슬픈 나날을 참고 견디었는데, 그 아들이 하늘나라로 가버렸으니 그녀의 상심은 통곡으로 이어졌을 것이다. 그러나 그녀는 오뚝이처럼 일어섰다.

　평소 아들이 하고자 했던 봉사와 나눔의 정신을 알리고, 자신 또한 아들이 하고자 했던 일을 계승하기 위하여 아들의 삶을 조명한 체험 에세이집 『The Lich Boy』는 LA 시티 칼리지에서 교재로 사용되었고, 학교 당국의 초빙으로 강연까지 하게 되었다. 그 이후로 그녀의 글쓰기는 멈추지 않고 계속 이어졌으니, 아마도 아들을 사랑의 메신저로 삼았으리라는 추측은 그녀의 글쓰기가 남달랐기 때문이었다.

　우연한 기회에 이태석 신부의 전기를 영화로 보고 감명을 받아 책으로도 읽은 후, 신부님을 위해 한 권 분량의 시를 쓰게 되었다고 했다. 원고 뭉치를 들고 온 그녀의 얼굴은 책 제목만큼이나 환하게 빛나고 있었다.

　『환한 빛 사랑해 당신을』이란 제목으로 출간된 시집은 서울, 부산, 강화 등 각 교구에 기증되었다. 아마 모르긴 해도 그 시점에서 봉사와 나눔의 정신이 싹트면서, 먼저 간 아들이 메신저가 되어 그녀를 이끈 건 아닌가 싶은 생각도 들었다.

뒤늦게 시작한 미술공부는 그녀에게 새로운 삶의 촉진제가 되어 그림을 전시할 만큼 성과도 거두고, 영국으로 연수를 갈 정도로 예술에 대한 깊이와 성찰로 자신의 입지를 넓혀 갈 수 있었을 것이다. 동시에 그녀의 문학은 자기 개발과 자기 성찰을 완성시켜 주었고, 그래서 외롭지 않다고 했다.

그러나 노년에 들어서면서 고국에 대한 향수가 결국 역이민을 결행한 것 같다. 어느 날 갑자기 그녀에게서 전화가 왔다.

"선생님. 저 고국으로 돌아왔어요. 부산 고향에 자리 잡았어요. 사람들이 너무 잘 해줘요. 너무 좋아요."

그러나 그녀의 행복한 목소리는 오래가지 않았다. 감기 같아서 병원에 갔는데 갑상선 암이란다. 맥이 빠진 듯한 그녀의 목소리에 내 심장이 찢어지는 것 같아서, 그저 묵묵부답이었다. 갑자기 암이라는 말에 할 말을 잊어버렸고, 그 후에도 그녀를 위해 위로의 말 한마디도 전하질 못했다. 그런데 그녀는 새로운 길을 모색하고 있었던 듯, 얼마간 지나서 소식이 왔다. 산사에 있는 몇몇 요양원을 찾아다니며 용기를 내기 시작했다는 그녀의 목소리가 다시 본래의 그녀답게 활기찼다.

"선생님, 여기 사람들 너무 좋아요. 너무 잘해줘요. 아침에 하늘이 너무 푸르러요, 들꽃이 너무 아름다워요. 반찬이 너무 맛있어요."

그녀는 역시 긍정의 여신이란 생각이 들었다. 치료를 받고 좋은 공기를 찾아다니며 스스로를 위로하기 위해 무엇인가를 써내지 않고는 안 되는 것 같았다. 시와 산문을 번갈아 가며 책들을 출간했다. 그런데 느닷없이 모든 걸 다 정리했단다. 그녀는 모든 자산을 정리하고 홀가분하게 살 거라며, 여행이나 다니며 맛있는 것 먹고 재미있게 살 거라고 해서, 나도 그럴 거라고 맞장구를 치며 웃었다.

"고국이 이렇게 좋을 줄은 몰랐어요. 너무 행복해요. 고국에 돌아오기를 너무 잘했어요."

그녀의 목소리는 암환자의 목소리가 아니었다. 통화할 때마다 고국의 품으로 돌아온 걸 너무나 잘했다고 말끝에 묻어나온 행복감이 나에게도 전해져 덩달아 행복해서 미래에 대한 꿈을 나눴다. 그녀의 재능은 문학뿐 아니라 그림도 수준급이어서 그림 전시회를 고국에서 해 보자고, 내가 추진해 보겠다는 호언으로 미국에서 엄청난 작품들을 소환해 왔다. 그래서 나는 그 그림들을 전시할 구상으로 머리를 짜내고 있던 차에 청천벽력 같은 그녀의 암 선고를 듣고 망연자실하여 넋이 나간 상태인데, 그녀는 여전히 삶의 지혜를 찾아가고 있었다. 암을 이겨내기 위한 노력보다는 자신의 가산을 정리해서 사회에 환원한 것이다.

"선생님, 나 오늘 아파트 팔았어요. 그리고 3억 기부 했어요. 너무 기분 좋아요."

나는 놀라지 않았다. 그녀다운 행동이라고 저절로 고개가 끄덕거려진 내가 더 놀라고 있었다. 아무나 할 수 있는 일이 아니었다. 자신의 주변을 정리하고 암을 치료할 수 있는 요양원을 찾아다니면서도 그녀는 늘 즐겁다고 했다.

"선생님! 너무너무 좋아요. 산천도 좋고 공기도 좋고 같이 지낸 분들도 너무너무 잘해줘요."

나는 어이가 없었다. 암 판정을 받고 죽음을 준비해야 하는 마음이 마냥 즐거울 수 있을 까 싶어 믿어지지 않았다. 하지만 그 세월이 벌써 두 해가 넘었다. 그런데도 그녀의 목소리는 언제나 맑고 경쾌하다. 거기에 반드시 웃음이 묻어나온다. 아무래도 그녀는 천사가 아닌가 싶을 때가 가끔 든다. 그래서 나도 모르게 그녀를 위해 기도를 한다. 아름답고 훌륭한 인격체는 천천히 데려가 달라고, 천상보다는 지상에서 더 필요한 사람이라고, 그런데 더 놀라운 건 그녀의 글쓰기다. 정신을 못 차릴 정도로 이웃을 위해, 쏟아낸 글들을 책으로 만들어 기부를 한다. 나눔의 여신이 따로 없다.

나는 한동안 그녀의 글을 읽지 않았다. 너무 과하다는 생각이었는지, 부러움에 대한 질투심이었는지도 모른다. 그런데 이번 시집의 평설을 써달라니 당혹스러웠다. 그런데도 그 청을 거절하지 못했던 건, 그녀의 참된 봉사와 나눔의 미학을 배우고자 하는 내 나름의 속내가 있었다. 그래서 그녀의 시편들을 천천히 읽었다.

그녀의 시는 폭포수 같은 생각이 들었다. 그녀의 착한 본성은 타고난 것 같아서, '하늘축복'을 주장하는 그녀의 마음을 헤아리다 보니, 더 열심히 그녀의 시를 읽어볼 수 있었다.

나는 솔직히 내가 쓴 시도 잘 모른다. 소설이 전문인 내시 서평이 그녀의 감성이나 지성을 제대로 이해했는지도 모른다. 다만 그녀를 잘 알고 있다고 생각했기에 그녀의 청을 덥석 받았던 것이다. 그러나 지금은 후회막심이다. 왜냐하면 그녀의 넓고 깊은 시심을 모두 이해한다는 것은 '언어도단'이라는 생각이 들었기 때문이다. 하지만 어쩌랴. 약속은 지켜야 내 욕심이 풀리니, 부족하지만 내 방식으로 그녀의 시편들을 분석해 볼 수밖에 없음을 전제하며 해설에 임臨한다.

해설

시적 충동이나 발상의 기원이 시인 자신이라는 것은 한계가 아니며 가능성이다. 시인은 자기로부터 비롯한 감정, 고통, 상처를 발화하면서 자기를 변화시키고 사물과 타자의 존재에 대한 인식을 확장한다. 한 시인에게 있어서 한 편의 시가 지니는 미적 성취 못지않게 시적 과정이 이해되어야 하는 까닭이 여기에 있다.

이향영 시인은 자신의 시를 "내 상처의 뜨거운 흔적"이라고 규정하고 "시를 통하여 자신의 삶을 사랑하고 사람을 사랑하는 것이 얼마나 값진 것인가를" 깨우친 것 같다. 그녀에게 시는 상처의 고백이며 치유일 수도 있다는 생각이다. 더 나아가 타자와 사물을 사랑하게 되는 과정일 것이다.

그녀는 자기에게 부과된 고통을 경험하면서 고난과 분열하는 자아를 넘어서 영혼의 삶을 생각한다. 거리를 두고 자아의 삶을 바라보는 것이 영혼의 삶이기 때문이다.

시집 『암이 준 하늘축복』은 시인의 '상처의 흔적'이 아닌 고뇌와 성찰을 통한 존재의 경이로움이다. 더 나아가 시인이 직면해 있는 투병에 대한 도약이며 절대자를 향한 순결이며 자신을 향한 극기와 인고의 미적 덕목이 강조되어 있다.

인류사를 전쟁의 역사로 환치하여 기술하는 경우를 자주 본다. 이때의 전쟁에는 질병과 인간의 싸움도 포함되기에 매우 실제적이고도 적확的確한 표현이 아닌가 싶다. 그리고 그 전쟁의 결과로는 비록 황폐와 절멸이 찾아왔을지언정 다음 세대의 인류나 개인에게는 말할 수 없는 문명과 문화적 성취와 발전이 이룩되었음을 역사는 우리에게 잘 알려주고 있다.

이러한 과정에서 현재 겪고 있는 '코로나19'라는 질병과의 전쟁터에서 한 시인의 암 투병은 또 다른 암벽을 뚫어야 하는 고난의 길임이 분명하다. 그 길 위에서 만난 시인의 시를 평설하고 논의를 이어가고자 하는 마음은 무겁다.

그러나 이 부분은 인류의 전쟁사가 아니라 질병과 인간 개인의 관계, 그 다툼과 고난과 그에 이어진 정신 혹은 영혼의 승리에 대한 문학적 성취 과정을 음미하고 분석해 보고자 하는 데에 있다.

예컨대 유럽에서는 14세기에 유행한 흑사병이 르네상스의 계기가 되었다. 보카치오는 1348년 페스트의 참상을 목격하고 이듬해부터『데카메론』(Decameron 1353)을 집필했다. 알베르 카뮈는 1947년에 알제리 오랑시에서 발병한 페스트를 배경으로 같은 이름의 걸작,『페스트』를 써냈다.

그런데 질병에는 팬데믹한 전염병의 현상뿐만 아니라 개개인에게 개별적이되 동시대인에게 광범위하게 발병하여 동시대적 고난의 상징이 되는 경우도 적지 않다.

우리시대의 경우를 보면 당뇨를 비롯한 대사증후군, 치매와 암등이 그렇다고 할 것이다. 이렇게 개인사적으로 발병한 병은 그러므로 전염병과는 달리 개인적 신체 관리는 물론 정신적, 정서적으로 이에 어떻게 대응하느냐에 따라서 신체적, 정신적 치유의 과정도 달라질 수 있고 이 과정에서 달성하는 영혼의 성취는 문자 그대로 땅과 하늘의 차이가 된다고 할 것이다.

여기 이향영 시인이 서술하여 이번에 상재上梓코자 하는 시집의 각 시편들은 우리 시대의 병환 가운데에서도 가장 힘든 존재의 방식으로 현재진행형의 시제들이다. 시인의 암 투병기가 될 수 있는 시를 분석하고 재단하는 일이 비록 문학적이긴 해도, 개인적으로도 시와 소설을 쓰는 일을 직업으로 삼고 있기 때문이다. 결국 개인적인 견해의 해설이 될 수밖에 없음을 부인할 수 없기에 조심스러움을 떨쳐버리지 못한다.

하지만 시편들의 개요를 일별하면서 마음이 흔들리기 시작했다. 시편들마다 시적 은유가 병환에 지친 패배자의 음성이 아니라 맑은 목소리로 세상을 내다보는 시선이 보통 사람들의 시야와는 사뭇 다른 사유의 음정이었기 때문이다. 그렇다면 나는 추임새만 보태면 되겠다는 생각이 불쑥, 샘솟듯 솟아났다.

또한 절대자에 대한 정신적 헌신과 믿음이 육체적인 치유와 힐링을 갖고 온다는, 시인의 온전한 믿음이 현상적으로 시행 속에 내포되어 있음도 큰 울림으로 다가왔다.

마음을 가다듬고 맑은 시편들을 다시 꺼내며 시인의 맑고 밝은 시행을 무조건 재단하기보다는 추임새의 역할을 강조하고 싶은 마음이 굳어졌다.

시편마다 꾸밈없는 제목이 주는 낙관적이고도 긍정적인 시인의 목소리가 직설적이고도 명쾌하게 피력한 점이 마음을 끌어당겼기 때문이다.

『암이 준 하늘축복』이라는 제목의 행간에는 다른 어떤 군더더기가 들어갈 필요가 없었다. 독자의 입장에서 볼 때 시인이기에 앞선 환자의 심정을 복잡한 예상이나 지리멸렬한 상상으로 머뭇거릴 필요가 없다. 오직 집중적으로 시인의 선언문에 다가갈 마음의 자세를 갖게 했다.

시인은 마치 사계절 한해에 자신의 생을 맞추어 인식하는 듯 시집의 세계도 모두 4부로 나누어서 합일해 놓고 있다.

시인이 보편적 생활영토에서 벗어나 처음 환자로서 새로운 거처 '벧엘동산'에 자리하며 풀어내는 주변상황과 시인 자신의 심경을 묘사하는 시적 영역이다. 시라는 문학 장르는 새삼 말할 나위도 없이 시인의 내적 감상을 운문으로 자아내는 문학의 형식이다. 이러한 내용은 인류가 자신의 내적 심경을 최초로 토로해내던 초기형식에서도 마찬가지였다.

그러므로 이러한 서사는 쉽고 분명하게 화자와 청자의 교신이 이루어져야 한다. 현대 시에 들어와서 모더니즘의 형식으로 발화하여 포스트 모던하게 발전한 시 형식에서도 사실 간과해서는 안 될 교신의 원칙이라고 할 만하다. 그런 점에서도 이 시인이 절체절명絕體絕命한 상황 가운데에서 한 치의 흔들림도 없이 생전 처음의 새로운 주변에 대한 차분한 묘사와 단단한 확신의 내적 독백은 독자의 공감과 연민을 이끌어 내는 꿋꿋한 푯대의 역할을 한다.

제 1부 〈벧엘동산에서〉 중, 「벧엘수양원 공기」는 그런 의미에서 한번 꼭 음미하고 넘어갈 귀한 대목이다.

벧엘의 공기는 달다 / 솔 나무와 편백이 공해를 세탁해 /
맑고 향기로운 생명의 공기로 / 치료와 치유를 일으킨다
// 호흡하는 생명들이 / 가슴마다 거듭나는 양식이 되어

/ 기도꽃 완쾌의 꽃으로 피어난다 // 벧엘수양원의 선교
사님들 / 한 분 한 분이 가르치는 / 하나님의 귀한 말씀은
/ 벧엘의 공기보다 더 달달하다 // 하동의 보금자리 / 벧
엘의 동산에 황금빛이 / 그분의 축복을 싣고 / 힐링의 공
기로 스며든다 // 사랑꽃 봉우리마다 / 기도꽃 피어나는 /
아름다운 꽃자리 / 은총의 꽃동산 벧엘동산 // 벧엘의 말
씀과 정성이 달다 / 벧엘의 공기와 사랑이 달다

– 「벧엘수양원 공기」 전문

한편 우리시대의 팬데믹은 벧엘동산에도 찾아오고 비대
면의 세계를 대면하는 상황이 된다. 그러나 시인은 이 시
련도 오히려 자신과의 대면 시간으로 간주하고 큰 깨달음
의 세계로 새롭게 '대면'하고 있다.

살다 보니 비대면 / 계절이 찾아와도 만났다 / 이렇게 수
상한 / 계절엔 내가 나를 / 대면할 가장 좋은 / 시간이 아
닐까? // 언제나 같이 있어 주고 / 놀아주고 웃어주고 /
걱정해주고 책 읽어주는 // 나 자신이란 좋은 친구가 / 항
상 함께 있는데 / 왜 나는 내 안의 나인 / 그녀를 찾지 못
했을까? // 비대면의 계절 / 내가 나란 그녀를 만나서 /
외롭지 않게 시간을 / 공유함이 큰 발전인 것을 // 끝없이
찾아가고 싶다 / 4차원의 세계로 / 말로는 표현이 불가능

/ 빛으로 찬란한 그곳으로 / 하 선교사님이 가르쳐준 그곳
으로 // 내가 나를 만나고 / 그분을 만나는 축복의 길이 /
끝없이 열려있는 곳으로

－「비대면 계절」 전문

－ 제 2부

　큰 울림으로 독자의 심금을 울리는 대목들이 눈길을 끈
다. 특히 죽음을 생각하라는 명구, 「메멘토 모리」를 시제詩
題로 한 네 연聯의 시행이다.

너는 매일 죽음을 산다 / 죽음이 곁에 있으니 / 친구처럼
곁에 있는 것을 // 죽을 때 웃으며 / 여행할 수 있는 / 추
억을 준비하는 / 웃을 수 있는 죽음을 산다 // 어제는 죽고
없다 / 내일도 죽고 없다 / 이 순간은 웃을 수 있고 / 살아
있는 하늘축복이다 // 너는 천상의 세계를 / 이 땅에서도
/ 꿈으로 웃음으로 즐겨라

－「메멘토 모리」 전문

시인은 자신에게 "너는 매일 죽음을 산다"라고 선포하지

만 사실 우리 모두는 매일 죽음을 살고 있다는 보편적 선언문도 가능한 사유이다.

"죽음이 곁에 있으니", "웃을 수 있는 죽음을 산다", "너는 천상의 세계를 / 이 땅에서도 / 꿈으로 웃음으로 즐겨라"

시인의 정신적 대범함과 술술 읽히는 운율적 서술은 독자의 공감과 동감을 쉽사리 불러일으킨다. 시인은 이어 그의 마음 자세를 「카르페 디엠」에서 다시 한번 공고하게 다져낸다.

> 매일 기억하고 싶다 / 이 순간의 소중함을 // 너는 후회하
> 고 싶지 않다 / 내일이 된 어제를 // 마지막 그날의 감사함
> 보다 / 오늘의 이 알찬 기쁨을 // 지워질 이 순간을, 너는
> / 꼭 잡고 즐기며 환대하라
>
> – 「카르페 디엠」 전문

이 시행 역시 환자로서의 절규가 아닌 오늘을 지혜롭게, 은혜롭게 살아가야할 인생의 좌표라고 하여서 조금도 부족함이 없는 경구와 같다.

– 제 3부

　함께 지내는 환우들의 고난을 그려내고 있다. 벧엘동산이 환우들의 치유의 장소이자 병원이기에 어려움을 겪는 사람들이 주변에서 많이 고통을 받고 있는 현상은 당연할 것이다. 그분들의 상황을 시인은 적나라하게 그려내면서 함께 치유와 중생과 신생을 기원하고 있다.

> M 교수는 / 코안에 폴립이 생겨 / 호흡도 제대로 못 하고 / 힘든 시간을 보냈다 // 다니엘 빌리지에 와서 / 생명 주신 그분을 / 섬기고부터 많이 좋아졌단다 // 낫는 것에도 순서가 있는 듯 / 그분을 섬기고 절실히 매달릴 때 / 그분은 어떤 깊은 질환도 / 낫게 해주신다고 믿었다 ⋯ 중략 ⋯ 예수그리스도의 보혈이 / 전염된 세포에 뿌려지고 / 아내의 간호가 / 하늘에 상달될 때 어떤 변이된 / 암세포도 모두가 사라지리라 ⋯ 하략 ⋯
>
> 　　　　　　　　　　　　　　　 －「코안에 생긴 폴립」 부분

　위 시에서는 환우의 아내가 정성을 다하여 기도하고 기원하는 모습도 절절히 그려지고 있다. 기도와 인간승리의 길을 독자들은 보고 있다. 또 다른 환우의 모습도 시인은 그려낸다.

후두암으로 수술받고 / 몇 년 후 간암으로 또 수술받고 / 이젠 혀에 폴립이 생겨 / 자연치유로 승리하겠다고 / 다니엘 빌리지를 찾아온 자매 // 그야말로 절체절명에 놓인 / 그녀를 껴안고 기도 하는 사모님 / 너무나 안타까워 우리도 / 기도가 절로 나왔다 // 입안에 폴립이 생겨 / 음식 먹기에 얼마나 불편할지 / 생각만 해도 가슴이 아렸다 … 중략 … '걱정하지 마라 내 딸아 / 너를 만든 내가 고쳐주리라' / 하늘 음성이 푸르게 들렸다

– 「혀에 폴립이 생긴 자매」 부분

이제 환우들과 시인 자신의 현존을 생각하며 시인은 뜰에 있는 동백꽃과의 대화를 시도하고 자신을 동백꽃으로 환유하여본다.

빨간 몸으로 태어나 / 추위에도 뜨겁게 웃고 / 죽음도 미련 없이 맞는다 // 동백아 나도 너처럼 / 이 세상에 왔고 / 너처럼 뜨거운 사랑 선물하고 / 언젠가 그날에는 / 너처럼 미련 없이 떠나고 싶다 // 너를 닮고 싶다 동백아~ / 뚝. / 뚝. / 뚝.

– 「동백꽃」 전문

동백꽃 떨어지는 형태소를 살리면서 시인의 마음을 고스란히 전하는 시적 기법이 인상적이다. 아울러 생명과 존재의 본질에 대한 환유적 표현이라고도 할 수 있겠다.

삶에 관한 다방면의 깊은 명상이 있기에 시인은 이제 나와 너의 합일과 교환의 방식에서도 자유로워졌다. 그런 의식은 속리산에서 이렇게 전개된다.

> 속리산 호수 둘레길 걷는 내내 / 당신은 저를 새크라멘토 / 렉타호로 데려갔지요 // 지난날 당신과 함께 / 렉타호 둘레길 걸을 때는 / 황금빛 행복임을 몰랐네요 // 오늘 속리산 호숫가를 걸으며 / 저는 당신을 밀어낼 수가 없네요 / 그래요, 그때는 함께였으나 / 홀로 인듯 했지요 // 지금은 환우들과 함께 걷는데 / 저는 당신과 단둘이 / 걷는 듯하네요 / 속리산 저수지 풍광이 / 새크라멘토 렉타호 보다 더 고와요 // 당신의 크신 / 하늘축복이 아닐 수 없는 / 우리는 하늘과 땅에서 / 영혼으로 영원히 하나인 것을 / 오늘도 엎드려 감사드려요 … 하략 …

－「속리산 호수에서」부분

－ 제 4부

여태껏 겪어내었던 고난과 묵상과 상고와 인내와 헌신

과 감사와 은혜의 결말을 토로하게 된다.

독자의 입장에서도 큰 강을 건넌 뱃전에서 시인과 함께 대화를 나누고 기원하고 새로운 영적 영토에 안착하여 안도의 깊은 숨을 내 쉬는 축복을 느끼게끔 한다.

가장 강렬하게 시선을 당기는 『암이 준 하늘축복』 시제 詩題는 「영덕 연리지」이다. '연리지'가 무엇인가. 두 개체가 하나로 합일하는 특별하고 기이한 현상이 아니던가. 시인의 눈에 이 모습이 깊이 자리한다.

관어대 오르는 마을에 / 오래된 소나무와 버드나무가 / 한 몸이 되어있다 // … 중략 … // 두 나무가 서로 사랑해서 / 하나의 나무가 된 것처럼 // 우리 모두도 한 몸처럼 / 서로서로 도와주고 / 격려하며 연리지처럼 / 건강하게 살아가리라 // … 중략 … // 간절히 기도 하는 연리지

—「영덕 연리지」부분

한편 「향기와 산속 체험」에서는 신비로운 개인적 체험을 날짜까지 명기하여 시행으로 형상화하고 있다. 시로 확인하는 생의 한 좌표 표시의 체험이라고도 할 수 있겠다.

7월 24일 2022년 정오 / 한 치 앞이 안 보이는 길이다 / 향기와 나는 구름을 타고 / 교회를 다녀왔다 // 구름으로

막힌 길 / 도인처럼 길을 열고 / 웃음으로 구름 날리고 /
가벼운 산행도 했다 // 25일 밤은 구름을 타고 / 구름 속
에서 단잠을 잤다 // … 중략 … // 신비로운 산속의 삶 /
향기와 나는 오늘 / 신선이 된 날이다

―「향기와 산속 체험」부분

이어 「신비한 체험」에서 더욱 성숙함을 겪은 시인은 이
제 「영덕 해돋이 공원에서」 또다시 인상적인 체험을 하고
마침내 「80세 생일 선물과 축복」의 빛나는 시행을 서술하
여 힘차고 용기 있는 서정, 서사적 기록으로 본인은 물론
독자 모두에게 큰 힘과 희망의 메시지를 전달해 주고 있
다.

그렇다. 시인은 이제 병환과 인고의 시간을 자연 속에서
사유와 명상과 기도와 기원의 과정으로 조탁하여 마침내
심신의 건강을 다시 회복하고 팔순을 맞는 모습을 세상에
찬란하게 내비치고 있다. 시인은 이제 시의 경지도 새로
이 갈고 닦아서 우리시대의 새로운 트렌드인 '디카 시'를
쓰려고 마음을 가다듬고 있다.

어찌 디카 시 뿐이랴. 앞으로 더욱 많은 미개척의 경지
를 이 지상에서 성취하여 희망의 메시지를 보다 많은 사
람들에게 선물하고 마침내 천상의 그리스도 앞에 나아가
는 참모습을 구현해내어 주리라 확신하는 바이다.

이 시집의 끝 시행을 그런 의미에서 재록해 본다.

디카 시를 쓰고 싶어서 / 넓은 사이즈의 핸드폰을 / 내가 나에게 선물했고 // 팔순부터 시작하는 마음으로 / 글을 쓰려고 새 컴퓨터를 / 내가 나에게 선물했고 // 무릎의 연골이 닳아서 / 오사카에서 줄기세포를 맞았고 / 암으로 면역력이 떨어져 / 후쿠오카에서 NK 주사를 맞았고 / 여든 살을 맞는 생일이 감사해서 / 어느 봉사단체 직원들 20명에게 / 조선비치호텔 조식 수준의 / 맛있는 점심을 대접했고 // … 중략 … // 미국에서 아들과 며느리와 손녀가 / 마이크 폰을 열고 생일 송을 불러주었고 // … 중략 … // 10월 3일 개천절인 나의 생일 / 하늘에서도 단풍처럼 고운 향기가 / 축복의 선물로 뿌려지고 있었다 // … 하략 …

–「80세 생일 선물과 축복」 부분

이제 마지막 원고를 내려놓으며 시인의 얼굴을 떠올려 본다. 누구라도 암이라는 선고를 받으면 죽음을 떠올릴 것이다. 그러나 시인은 죽음 앞에서 삶의 가치를 재단하기 시작했다. 새로운 세계로의 탈출구를 찾고 싶었을 것이다. 그리고 결국 오로지 자가 치유만이 길임을 알고, 모든 것을 내려놓겠다는 결심을 했을 것이다. 그런 결단이 본인 소유의 가옥을 팔고, 그 돈을 몽땅 사회에 기부할 수 있었던 것이리라.

결코 아무나 할 수 있는 용기가 아닌데도, 그녀는 어떤 어려움에서도 사랑의 이분법이 터득해낸 사랑의 가장 높은 차원은 비움이라는 사실을 깨달았던 것 같다.

즉 '무소유의 소유'를 실천한 것이다. 자신의 재산을 모두 사회에 헌납할 수 있었던 그 용기와 본성이 영혼의 형이상학임을 이미 시편들에서 발견할 수 있었다.

한편으로는 삶과 죽음의 경계에 서 있는 시인의 아픔이 사랑으로 승화되어 시편들에서 새로운 삶의 지혜를 터득한 것 같았다.

마지막 원고를 덮으면서 시인의 건강과 문운을 기원한다. 더불어 한편으로는 또 다른 목소리의 다음 시집을 벌써부터 기대했음을 고백한다.

문학과의식 시선집 152

암이 준 하늘축복

발행일   2022년 11월 25일

지은이   이향영
펴낸이   안혜숙
디자인   임정호

펴낸곳   문학의식사
등록   1992년 8월 8일
등록번호 785-03-01116
주소   우 23014 인천시 강화군 하점면 강화대로 939
            우 04555 서울 중구 수표로6길 25 501호(서울 사무소)
전화   032. 933. 3696
이메일   hwaseo582@hanmail. net

값 10,000 원
ISBN 979 11 90121 42 2

*본 도서는 예술인 창작기금의 지원을 받아 출간되었습니다